**Die Autorin:**

Maiko FL ist 1993 in Bayern geboren und aufgewachsen. In ihrer Jugend hat sie sich bereits für das Zeichnen und Schreiben von kleinen Geschichten interessiert. Ab ihrer Schulzeit gehörte dann das Schreiben fest zu ihrem Alltag dazu.

Nach langem Zögern veröffentlichte sie im November 2023 ihr erstes Buch „Der sichere Hafen: Die Vorgeschichte", welches sie während ihrer Jugend geschrieben hat. Aktuell ist sie hauptberuflich als Lagerarbeiterin beschäftigt. Ihre Freizeit verbringt sie bevorzugt mit Schreiben, Zeichnen lernen, Videospielen und Filme analysieren. Als Filmeliebhaberin interessiert sie sich auch für das Drehbuch schreiben.

Vielen Dank für Ihren Kauf meines Buches und das damit
❤ verbundene Vertrauen in mein Werk!

# Fantikos Zeitreisen

Maiko FL

 **tredition**

Druck und Distribution im Auftrag der Autorin:
tredition GmbH, Heinz-Beusen-Stieg 5, 22926 Ahrensburg, Deutschland

# Inhaltsverzeichnis

# Kapitel 1: Fantiko

Kai, der Geschichtenerzähler. Auf der Grundlage seiner Erzählungen erschuf die Schöpferin unsere Galaxie namens Hydrix. Seine Geschichte wurde in die Welt gewoben, das erste Leben entwickelte sich aus den Fäden der Zeit.

Der Schöpfungsprozess begann mit der Erschaffung des Herzens der Galaxis, dem erstgeborenen Weltenbaum. Seine Wurzeln liegen unterhalb der Hauptstadt Krakuna, im unterirdischen Yondo.

Dort wurde die Legende der drei Meister an den Steinwänden niedergeschrieben, die allseitsbereiten Beschützer der Schöpferin.

Nach der Erschaffung Yondos entstanden drei weitere Weltenbäume, einen für jeden Meister. Im Falle einer Notlage würden die Bäume ihnen zusätzliche Kraft verleihen.

Der Weltenbaum der Engel ragte im Himmel empor.

Der Weltenbaum des Richters wurde nahe dem vergoldeten Schloss auf einer kleinen Insel weit außerhalb unserer Lande gepflanzt.

Der Weltenbaum der Zeit wurde auf dem Wüstenplaneten Borkia erschaffen.

Nachdem die Grundsäulen der Welt geformt waren, erschuf sie das Leben. So auch meines.

Ich wuchs als Waisenjunge in Yondo auf. Mein Großvater wollte mich nicht haben, meine Eltern kannte ich nicht. Die Erzieher im Waisenhaus waren freundlich zu mir. Es gab keine Probleme, an die ich mich zurückerinnern könnte.

Einer der besten Freunde in meiner Kindheit und Jugend war Sevo, mit dem ich zur Schule ging. Wir teilten alles. Er war stets aufgeweckt, freundlich und man konnte sich mit ihm immer einen Spaß erlauben. Schlechte Laune gab es in unserer Freundschaft nicht. Trotz der melancholischen Art, die sich während meiner Jugend entwickelte, kamen wir gut miteinander aus.

Am Brunnen in der Nähe der heiligen Kammer, über der das Herz der Galaxis schwebte, setzten wir uns in unserer Freizeit gerne auf die Steinbänke, die um den Brunnen herum gebaut waren.

»Hast du schon gehört? Das Wasser aus dem Brunnen soll die Lebenskraft der Schöpferin sein!« Sevo prahlte mit Neuigkeiten, die er von anderen Klassenkameraden erfahren hatte.

»Ach quatsch, wer denkt sich denn so was aus?«

»Louis hat das überall rumerzählt.«

»Bestimmt hat sie sich das nur ausgedacht, um Aufmerksamkeit zu bekommen.«

Sevo sah sich um und zog seine Mundwinkel nach oben. »Vielleicht hilft es den Menschen, hier glücklich zu sein. Was meinst du? Yondo ist so ein schöner, friedlicher Ort.«

»Wir haben wohl Glück, dass dieser Ort unser zu Hause ist. Wir hätten sonst wo landen können. Die Schöpferin hat es gut mit uns gemeint.«

Ich grinste friedlich vor mich hin und wir verweilten noch ein wenig länger am Brunnen, bevor wir uns auf den Weg nach Hause machten.

Die Schule fiel mir generell sehr leicht. Ich hatte gute Noten, keine Konzentrationsprobleme, nur diese furchtbare Langeweile. Es machte für mich keinen Sinn, Dinge zu lernen, für die ich wenig Interesse hatte und die ich in meinem Leben nie wieder brauche. Um so froher war ich, als die Schulzeit vorbei war und ich mit einem sehr guten Durchschnitt auf die Suche nach einer Ausbildung gehen konnte.

Ich wollte Erfinder werden, genauso wie mein Großvater, auch wenn ich ihn nicht besonders leiden konnte. Das technische Verständnis und räumliche Denken hatte ich. Auch die Noten passten. Nichts stand mir im Weg. Wie immer lief alles perfekt.

Also schickte ich meine Bewerbungsmappen an mehrere Betriebe in Yondo raus. Ich wählte mit Bedacht aus. Ich bewarb mich nur in angesehenen Unternehmen.

Da gab es eine Anzeige in der lokalen Zeitung. Die schien mir angemessen zu sein. Ich schickte meine Bewerbungsunterlagen raus und stattete ihnen ein paar Tage später unangemeldet einen Besuch ab.

Ich war etwas nervös. Mir schlotterten die Knie. Es war mein erster Versuch, aktiv eine Zusage für eine Ausbildung zu bekommen, und ich wusste noch nicht genau, was auf mich zukommt. Etwas zittrig in den Fingerspitzen klingelte ich am Gebäude, welches sich in einer der Seitengassen von Yondo befand.

Eine männliche Stimme auf der anderen Seite der Tür erwiderte mein Klingeln. »Herein!«

Ich betrat den Eingangsbereich des Hauses. An den Seiten war alles voller technischer Geräte zugestellt, etwas unaufgeräumt. Chaotisch. Auf den Fensterbänken lag Staub, die Blumen hätten etwas Wasser vertragen können.

Ein älterer Herr kam um die Ecke des Flurs und nahm mich in Empfang. Er hatte weiß-gräuliche Haare, die nach außen leicht abstanden. Sie wirkten ungekämmt und zerzaust. Zudem trug er eine selbst angefertigte technische Brille mit Vergrößerungsglas, die auf die Stirn gebunden war. Seiner Arbeitskleidung nach zu urteilen, hatte ich ihn gerade bei einem Ölwechsel unterbrochen. Der Kittel war mit schwarzer Flüssigkeit bekleckert.

»Sind Sie der Bewerber?« Er befeuchtete einen seiner Finger und blätterte mein Bewerbungsschreiben um, welches er in den Händen hielt.

»Mr. Fanten?«

Ich stotterte leicht: »Ja, Sir. Ich möchte bei Ihnen in die Lehre gehen.«

Er blätterte weiter in meinen Unterlagen herum.

»Ihre Noten sind einwandfrei. So etwas sehe ich nicht oft. Außer in Kunst, da haben Sie es nur auf eine mangelhaft geschafft.«

Ich versuchte, mich zu erklären: »Ich bin nicht sonderlich kreativ. Aber ich habe ein großes Interesse an der Wissenschaft.«

»Aber in unserem Beruf müssen Sie kreativ sein. Neue Erfindungen erfordern manchmal unkonventionelle Lösungsansätze. Das ist in unserem Job unverzichtbar. Ist Ihnen das bewusst?«

»Ja, Sir.«

»Nun gut, ich sehe keinen Grund dafür, Sie wegen einer einzigen schlechten Note abzuweisen. Die Vorzüge Ihres bekannten Onkels kommen Ihnen bei mir zugute. Er ist ein alter Freund von mir. Ich werde Sie als meinen Schüler ausbilden, Mr. Fanten. Sie könnten das Potenzial besitzen, in seine Fußstapfen zu treten.«

»Ehrlich? Vielen Dank, Sir.« Ich hatte ein breites Lächeln im Gesicht und hob die Hände.

Der alte Mann war sehr freundlich zu mir und nahm mich in die Lehre auf. Ich hoffte, die Ausbildung würde spannend und interessant werden.

»Dann sehen wir uns zu Ihrem ersten Arbeitstag.«

Ich verabschiedete mich von meinem zukünftigen Lehrmeister und ging nach der gelungenen Vorstellung nach Hause.

Dann sah ich sie genau an diesem einen Tag während einer meiner Mittagspausen. Ava. Als ich auf der Bank das Essen zu mir nahm, beobachtete ich, wie sie die Straße entlangging. Ich hätte sie am liebsten direkt angesprochen, doch ich war zu schüchtern.

»Komm schon, nur ein kleines Hallo.«, dachte ich mir Dutzende Male, während sie an mir vorbeilief.

Für mich war sie seit der ersten Begegnung meine beste Freundin. Das war ein unumstößlicher Fakt. Etwas, dass ich mir jede Sekunde einredete, bis ich selbst daran glaubte. Obwohl sie mich nicht mal kannte. Doch bei der nächsten Gelegenheit sprach ich sie dann an.

»Entschuldigen Sie, Miss. Wir kennen uns nicht zufällig irgendwoher, oder?« Ich brachte sie dazu, anzuhalten.

»Nicht das ich wüsste.«, entgegnete sie mir mit einem unsicheren Lächeln im Gesicht.

Ich merkte, dass sie ihren Weg fortsetzen wollte, so sprach ich sie erneut an.

»Doch, doch. Ich meine, wir kennen uns irgendwoher.« Ich tat so, als würde ich grübeln.

»Neulich im Kino! Da sind wir uns im Gang, während die Werbung gerade lief, begegnet. Ich hätte beinahe mein Popcorn fallen lassen.«, lächelte ich sie an.

Ich war natürlich nicht zufällig dort gewesen, schon gar nicht wegen des drittklassigen Films.

»Ja, ich erinnere mich. Sorry deswegen.«, entschuldigte sie sich bei mir und kratzte sich am Kopf. Ihr Lächeln verzauberte mich.

»Alles gut, alles gut.«

»Hat Ihnen denn der Streifen gefallen?«, fragte sie mich neugierig. Ich wusste nicht einmal mehr den Namen des Films. Ich war schließlich nur ihretwegen dorthin gegangen. Ich wechselte bewusst das Thema.

»Wie wär´s? Ich lade Sie auf einen Kaffee ein.«, sprach ich schnell, damit sie weniger Zeit hatte, darüber nachzudenken.

»Ich trinke keinen Kaffee.«, meinte sie verlegen zu mir.

»Dann auf eine kalte Cola? Ich leg auch noch eine Zitronenscheibe oben drauf.«

Wir unterhielten uns noch kurz, bis ich sie dann endlich einladen konnte.

»Ihr unsicheres Lächeln, ihre Verlegenheit. Sie ist es einfach, Sevo.«, prahlte ich vor meinem besten Freund, als ich ihm vom Treffen mit ihr berichtete.

»Nun mach mal halblang, Kumpel.«, erwiderte er mit abweisenden Handbewegungen. Er dachte, ich würde ihn auf den Arm nehmen.

»Wenn ich es dir doch sage. Sie ist perfekt.«

»Ich werde dich daran erinnern, wenn ihr volljährig seid.«

»Wieso?«

»Menschen verändern sich, Fanta.«

»Ich nicht.«, sagte ich mit erhobenem Kopf.

Die Jahre vergingen und wir wurden allmählich erwachsen. Irgendwann klopfte sie erneut an meine Tür. Da stand sie vor mir. Wunderschön wie sie war.

Sie wollte mit mir etwas unternehmen. Da sah ich meine erste Chance, es ihr zu sagen. Doch ich traute mich nicht. Wir gingen in Yondo Essen. Sie lud mich sogar ein. Ich war ein schüchterner dummer Mann gewesen.


Während ich zögerte und wartete, kam ein anderer Mann namens „Finn" in ihr Leben und holte sie sich. Ich verübelte es ihm nicht. Ich konnte seine Begierde nach ihr nachvollziehen. Er schenkte ihr einen wundervollen Sohn, der an Weihnachten 2038 zur Welt kam, sie wurden eine glückliche Familie. Niemals konnte ich aufhören, an sie zu denken. Selbst jetzt noch nicht. Es war ein Rückschlag.

Unsere Welt blieb weiterhin friedlich. Ohne Kriege und Nöte. Die Weltenbäume beschützten uns in ihrem ermächtigten Zustand.

Eines Tages erschuf der Geschichtenerzähler zusammen mit der Schöpferin ein neues Element. Die Reise war fast zu Ende, doch es erschien ihm ein wenig langweilig. Also baute er einen Zeitreisenden mit in die Geschichte ein. Blár Holm nannte er seinen neuen Charakter. Er erzählte der Schöpferin, dass er nach Yondo kommen würde, zusammen mit seiner Zeitausrüstung und so geschah es.

Das Jahr schlug die Zahl 2059. Die Schöpferin war zu diesem Zeitpunkt 70 Jahre alt. Kais Geschichte schritt voran.

Blár hatte die Zeitmaschine in Yondo aufgebaut und zeigte allen begeisterten Einwohnern seine Technologie. Auch ich sah sie, die Maschine der Zukunft und Vergangenheit.

Er gab eine Vorstellung in unserem Theater in der Stadt.

Die Zukunft. Damit wurde auf den Werbebannern und Plakaten groß geworben. Ich ging natürlich hin. Der Eintritt war kostenlos. Ich nahm auch Sevo mit, obwohl ihn das Thema nicht sonderlich interessierte.

Wir saßen zwar recht weit hinten im Saal, doch konnte ich mir dennoch ein gutes Bild von der Vorführung machen. Die Maschine war gerade mal so groß, dass nur eine einzige Person einsteigen konnte. Sie sah aus wie ein kleiner Kühlschrank. Rauch kam aus ihrem Inneren, wenn man sie öffnete. Rechts von der Öffnung befanden sich die Bedienknöpfe.

Ich war begeistert von Blárs Maschine. In der Zeit zurück und nach vorne reisen? Direkt musste ich wie ein Besessener an Ava denken. Ich hätte noch mal eine Chance bei ihr. All die verlorenen Jahre ohne sie könnte ich einfach ausradieren.

Ich ließ das Thema eine Woche lang sacken. Danach rief ich bei der Firma an, die für Wissenschaften zuständig war, doch wurde direkt abgewimmelt. Auch mein Lehrmeister war auf das Zeitreisenthema nicht gut zu sprechen. Er sprach eine ausdrückliche Warnung aus.

Ich lag nachts im Bett, wälzte mich hin und her. Seit der Vorstellung konnte ich einfach nicht mehr schlafen. Ich hatte diesen Drang, diesen Wunsch.

Sevo sollte in meinen Plan eingeweiht werden, also bat ich ihn ins Café um die Ecke zu kommen.

Ich war so gespannt auf seine Meinung und auf seine Mithilfe. Ich lud ihn sogar ein, ja, alle Kosten sollten auf mich gehen.

»Dass du mich mal einladen würdest. Du bist dir auch sicher, dass du dir nicht den Kopf gestoßen hast?«, scherzte er.

Ich kam sofort zum Punkt.

»Es gibt ja auch einen entsprechenden Anlass.«

Sevo trank aus seiner Tasse, in der sich ein genüsslicher Tee befand. »Und der wäre?« Noch wirkte er glücklich.

»Wir stehlen heute Nacht Blárs Zeitmaschine!«, sagte ich stolz, aber nur so laut und mit Elan, dass die anderen Gäste es nicht hören konnten.

Sevo verschluckte sich beinahe, stellte die Tasse hin und flüsterte: »Bitte was? Hast du den Verstand verloren?«

»Ich war noch nie so klar wie jetzt, Kumpel.«

»Aber wieso?« Er dachte kurz nach, dann fiel es ihm ein.

»Oh, bitte sag mir nicht, es ist wegen Ava.«

»Ich hätte bei ihr wieder eine Chance.« Ich gestikulierte wild mit den Armen herum, um die Dringlichkeit meiner Situation zu verdeutlichen.

»Du weißt nicht mal, ob´s bei dir funktionieren wird. Es könnte gefährlich sein.«

Ich stemmte meine Daumen aneinander.

»Und mich willst du da auch mit reinziehen? Wegen einer Frau, die du praktisch gar nicht kennst?«

»Das stimmt doch gar nicht. Ich weiß ziemlich viel über sie.«

»Wem hast du davon erzählt? Versprich mir, dass du dir diese Idee aus dem Kopf schlägst. Du musst auch mal wieder nach vorne sehen, das Leben genießen.«

»Wie soll ich das ohne sie?« Er konnte mich nicht verstehen.

»Was ist nur los mit dir? Seitdem du Ava kennengelernt hast, verhältst du dich so. Ich erkenn dich gar nicht wieder.«

Ich verzog das Gesicht, stand mit Wucht auf und ließ ihn allein am Tisch zurück.

»Bitte, dann mach ich es eben selbst!«, schrie ich ihn an und ging.

Bezahlt hatte ich auch nicht.


Jetzt musste ich die Sache allein durchziehen. Ich zog mir die schwärzesten Klamotten an, die ich in meinem Kleiderschrank finden konnte, und brach in der späten Nacht auf.

Das friedliche Yondo. Verbrechen gab es praktisch nicht. Ich war sozusagen der erste Einbrecher überhaupt. Keine Wachen, keine Kameras, nur eine dicke Glastür versperrte mir den Weg. Ich benutzte meinen Hammer aus der Werkstätte und zerbrach damit die Scheibe. Der Apparat war derzeit in der Lobby ausgestellt. Ich brachte Seile und einen Hubwagen mit und hievte die Maschine auf den Wagen. War ganz schön schwer, das Teil.

Ich konnte sie nicht bis hoch ins Appartement tragen, also versteckte ich sie im Keller der Lehrstätte, in der ich mittlerweile fest angestellt war und das Vertrauen meines alten Ausbilders genoss.

Dort gab es auch genügend Strom, um die Maschine in Betrieb zu nehmen. Ich studierte genauestens die Steuerung des Geräts, um keinen Fehler zu machen. Eine Gebrauchsanleitung gab es nicht. Alles musste sich aus meinem Muskelgedächtnis zusammenfügen.

Leider war mein Lehrmeister nicht dumm und erwischte mich beim Einschalten der Maschine.

Er schrie mich an, während er die Treppe hinuntergerannt kam. »Fantiko!«

Hatte mich Sevo verraten?

»Ich muss es versuchen, Professor. Ich möchte genauso wie die anderen Menschen hier glücklich werden! Verwehren Sie mir das nicht!«

»Du weißt nicht, was du für einen Schaden anrichten könntest! Tu es nicht.«

Ich ignorierte seine Warnung, betätigte den Hebel und sprang in die Kapsel, bevor er mich erreichen konnte. Ich hörte seine letzten Worte in Zeitlupe. Sie waren bis zur Unkenntlichkeit verzerrt worden.

Weißes Licht umfing mich. Hellblau leuchtende Moleküle umgaben meine Augen. Ein Kribbeln machte sich im Körper breit. Ich sah meine Hände an. Alles noch dran.

Ich sah Fäden, feine Linien, Streifen, die an mir vorbeizogen. Als würde ich eine Videokassette zurückspulen. Eine Verzerrung. Bunte Farben. Mein Herz raste. Panik?

War das eine gute Idee, frage ich mich im Innersten. Es gab nichts, an das ich mich festhalten konnte. Ich raste durch die Zeit mit 500 km/ h. Kurz vor dem Zerreißen hielt ich an. Zurück in der Vergangenheit bei Ava. Wie ich es in der Maschine eingegeben hatte.

Zurück in meinem Leben, als ich sie zum Essen eingeladen hatte. In Gedanken stellte ich mir die Sache relativ einfach vor.


Ich sage es frei heraus und erzähle ihr von meinen Gefühlen, die ich für sie empfinde. Doch auf dem Papier ist alles einfacher. Immer ging irgendetwas schief. Bestimmt zwanzig Sprünge tat ich an diesem Abend. Ob es der Kellner war, der sie abgelenkt hatte, oder sie mich nicht richtig verstand. Keine meiner Handlungen konnte ihre Liebe zu mir entfachen. Als würde ich eine andere Sprache sprechen oder die Schöpferin die Geschichte umschreiben würde.

Nach dem Austreten aus der Zeitmaschine stand mein alter Lehrmeister vor mir, um über mich zu richten.

»Fantiko. Du hättest verletzt werden können.«, brabbelte er mich voll.

Er sah aus wie ein Mandala, sein Gesicht bunt und blasig. Ich ignorierte seine Präsenz und lief wortlos an ihm vorbei.

»Was hast du getan? Wohin bist du gereist?«, fragte er gar stotternd und blickte panisch Richtung Maschine.

Nach den ersten getanen Sprüngen fühlte ich mich unwohl. Ich legte eine Pause ein, kehrte ins Appartement zurück und warf mich aufs Bett. Mein Körper zitterte.

Ich wachte am nächsten Morgen schweißgebadet auf, schreckte auf, riss die Bettdecke von mir, stolperte ins Badezimmer und blickte in mein Spiegelbild. Alles noch dran.

Ich atmete laut auf und verließ das kleine, bescheidene Bad. Mein Fuß steckte im Teppich fest. Ich versuchte, ihn zu befreien, zog ihn mit aller Kraft nach oben. Da sah ich, wie der ganze verdammte Fuß im Boden eingesunken war. Er ging einfach durch die Dielen. Ich hob ihn vorsichtig an und legte ihn mit Bedacht auf vermeintlich festem Untergrund ab.

Ich schnippte aus einem Reflex heraus mit meinem Finger. Da erschien ein Riss in der Zeit, ein Portal, direkt neben mir.

»Meine Moleküle müssen sich durch die Benutzung verändert haben.«, sagte ich mit strahlendem Lächeln und überglücklich.

»Ich brauche die Maschine nicht mehr.«

So war ich zu einer lebenden Zeitmaschine geworden. Ich genoss es zu Beginn, das gebe ich zu.

Ich benannte mein Leiden voller stolz und nannte es simpel die Zeitkrankheit. Ein wenig Übung erforderte es, doch der Lernprozess schritt schnell voran. Motivation im Überfluss. Unendliche Möglichkeiten.

„Ein letzter Sprung. Nur noch ein letzter Sprung.", sagte ich mir mehrfach. Diese Worte brannten sich in mein Gedächtnis ein. Ich sollte sie nie wieder vergessen.

Dann musste das passieren, was passieren musste. Ich sprang so oft in der Zeit zurück, dass ich die für mich gewebten Stränge nach und nach durchtrennte. Die Schöpferin hielt meine Fäden und die ihrer Liebsten in der Hand. Ich zog so lange, bis sie nachgab. Sie konnte mich nicht aufhalten.

»Fantiko«, sagte sie ruhig und langsam. Aus der Ferne konnte man ihre schemenhafte Gestalt bewundern.

»Du verstehst es nicht! Bei mir wäre sie sicher! Du brauchst dich nicht mehr um Ava zu kümmern«, schrie ich sie an.

Ich zog noch etwas fester.

»Ich kümmere mich jetzt um sie.«

Meine Stränge rissen. Ich löste mich vom Einfluss des Geschichtenerzählers und der Schöpferin und konnte meinen Körper von nun an frei in der Welt bewegen, unerreichbar für Veränderungen. Sie sahen mich nicht mehr. Sie verloren mich aus den Augen. Mein Körper veränderte sich durch die zahllosen Sprünge und konnte selbst eigene Zeitportale erschaffen.

Der entscheidende Fehler war es, den Bogen zu überspannen. Ich versuchte, Finn und Ava auseinanderzubringen. Ich dachte mir, wenn er einen Autounfall haben würde und für immer entstellt wäre, dann würde sich Ava am Ende für mich entscheiden. Der Wahnsinn funkelte in meinen Augen, während ich die Tat ausführte. Die Psyche war bereit, alles für diese Frau zu tun. Ich würde für sie nicht über Leichen, doch über Verletzte gehen. Ein Fehler.

Doch als ich den Sprung machte, um Finn in einen Verkehrsunfall hineinzuziehen, griff die Schöpferin ein und zog an seinen Fäden. An ihn konnte sie noch gelangen. Sie wollte diese heile Welt nicht verlieren. Ich zog dagegen. Während ich mich so sehr auf ihn fixierte, achtete ich nicht auf meine eigenen Fäden, die sich langsam immer mehr von meinem Körper abspalteten. Ich konnte ihn nicht länger halten und musste loslassen und kehrte zum Global-Turning-Turm zurück, meinem alten Apartment, den ich zu meinem Geschäftsgebäude umfunktioniert hatte, um mir eine neue Strategie zu überlegen. Doch von nun an war ich nicht mehr allein.

Die Abspaltung meiner Fäden hatte die Folge, dass es nun mehrere Versionen von mir gab. Jede dieser Fantikos reiste ebenfalls in der Zeit vor oder zurück, um seine Ziele zu erreichen. Niemand konnte es vollbringen. Als ich diesen anderen Fantiko plötzlich in meinem Büro sah und wir uns ansahen, da wussten wir, was wir getan hatten. Dieselben blauen Augen, blonde Haare und Kleidung. Nur sah er so aus, als wäre er von einem Drachen verkohlt worden.

»Oh nein.«, sagten wir gleichzeitig.

Irgendwann traf man sich. Ich erbaute auf der Erde unserer Galaxis eine Basis, 51 Northdale. Dieses Haus sollte als Sammelpunkt für Fantikos fungieren. Wir sprachen sehr viel miteinander und glichen unsere Ideen und Strategien ab. Ein Anwesen mitten im Nirgendwo, kein Leben weit und breit.

Ein Fantiko stach besonders aus der Menge heraus. Er hatte einige Sprünge hinter sich, färbte seine Haare als einziger schwarz und wirkte durch sein felsenfestes, selbstsicheres Auftreten reifer als viele von uns.

Er trat aus der Masse an Fantikos während einer unserer Versammlungen vor und sprach mit lauter Stimme:»Geht euren eigenen Weg, so wie ich es tat. Es gibt noch andere Frauen außer Ava da draußen. Sie wird euch niemals als Partner wählen. Glaubt mir, ich habe es versucht. Unzählige Male. Liebe kann man nicht erzwingen. Seid nicht dumm.«

Er sah älter aus. Das viel mir direkt auf. War das eine graue Haarsträhne in seinem Haar? Die anderen, so wie ich, denunzierten ihn mit anklagenden Worten.

»Nur weil du versagt hast, heißt das nicht, dass wir das auch tun!«

Er sagte für mich damals seltsame Dinge. Er meinte zum Beispiel, dass er mit Ava abgeschlossen hätte und dass er eine andere Frau gefunden hat, die ihn wirklich liebt. Wir nannten ihn den Heuchler. Er selbst änderte seinen Namen in Zyklones, legte seinen Geburtsnamen aus Abscheu ab. Er kam nur dieses einzige Mal zu einem unserer wöchentlichen Treffen und verabschiedete sich auch recht zügig. Er wollte mit uns anderen nichts zu tun haben und bat uns, die Zeitwege ruhen zu lassen. Natürlich taten wir das nicht. Er hatte aufgegeben und versagt.

Die meisten von uns versuchten friedliche Methoden anzuwenden, um ans Ziel zu kommen. Doch es gab natürlich in dieser breiten Masse auch Fantikos, die eine drastischere Lösung forderten. Die herausstechendsten Beispiele dafür sind ein Fantiko namens Fench und der wohl schlimmste, bekannt auch als der Schänder.

Die beiden wurden oft zusammen in der Eingangshalle im Anwesen gesehen.

Ich schmunzle immer über die Worte: »Du sollst mich Fench nennen!«

Er hasste es, wenn man ihn als Fantiko bezeichnete. Als wäre er keiner von uns. Lächerlich.

Ich sah nicht, was sie hinter meinem Rücken taten. Zu Beginn war ich der Einzige, der die Zeit körperlich kontrollieren konnte. Ich wurde von den anderen Zeitlord Fantiko genannt und galt als Wegweiser, eine Art Prophet, der sie leiten sollte. Doch der Schänder war ebenfalls dazu in der Lage, kurze Zeitstrecken zurückzulegen, und prahlte damit. Er verbündete sich mit Fench. Beide fühlten sich von Ava betrogen und wollten sie leiden sehen. Es bereitete ihn offenbar Vergnügen, über Machtfantasien und andere Abscheulichkeiten zu grübeln.

Ihr Ziel: Avas Leben zur Hölle zu machen. Dieses Konzept wurde von auf der Versammlung vorgestellt.

21

Ich schrie: »Ketzer!«, und forderte beide unverzüglich dazu auf, mein Anwesen zu verlassen. Der Schänder warf mir sein Konzept mit frühen Entwürfen auf die Füße und verschwand mit seinem Kumpan in einem Zeitriss.

»Sollen wir ihn stoppen, Zeitlord?«, fragte mich einer meiner Wach-Fantikos.

»Nein. Noch nicht.«

Die folgenden Projekte waren an diesem Abend vorgestellt worden:

Fench: Biomechanoid

Ein Fantiko – schwärmt für alte Gemäuer: Liebestrank

Der Schänder: Der böse schwarze Drache

Der Heuchler: Vergessen

Der Zeitlord: Derealisation

Ich war der Anführer und musste über die Projekte entscheiden. Die Freigabe erfolgte ausschließlich durch mich.

# Kapitel 2: Der Loyalist

Nach den Projekteinsichten und Freigaben schnitzte ich in meinem großen Büro im privaten Bereich des Anwesens an einer Holzpfeife, einem edlen Stück aus altem Familienbesitz. Zyklones klopfte wie vorhersehbar an der Tür. Ich ließ ihn herein, öffnete mit einer leichten Handbewegung die Tür von der Ferne aus.

»Du wolltest was?«, fragte ich, während ich weiter schnitzte.

»Wir könnten uns verbünden. Du und ich.«

»Du sagtest, du wärst der Zeitlord. Kannst du in die Zukunft sehen?«

»Selbst verständlich kann ich in die Zukunft sehen. Ich bin der Zeitlord.« Natürlich konnte ich es nicht.

»Was siehst du?«

»Ava. Sie ist fröhlich. Lächelt. Sie ist glücklich an meiner Seite.«

»Wir sind nicht die Heilung für ihre Krankheit. Ihre Depression wird sie eines Tages töten, das weißt du.« Er hält die Hände fordernd auf den Tisch.

»Doch was ist, wenn ich es könnte? Wenn ich dich vom Gegenteil überzeugen könnte?« Ich machte ihm ein Angebot.

Wortlos entfernte er sich von mir.

»Hast du Angst, ich könnte recht haben?«

»Nein, ich habe Angst davor, dass du dich selbst verletzt. Du tust das nicht für sie, sondern für dich. Fantiko hat schon immer an erster Stelle gestanden. Du hasst es, zu verlieren und wenn du nicht bekommt, was du willst, dann nimmst du es dir mit Gewalt. Du tust meinem Seelenfrieden nicht gut.«

»Dann ist alles gesagt.«

Ich führte das scharfe Messer mit silbriger Klinge langsam in den Hohlraum der Pfeife ein. Wozu der Dolch? Eine reine Vorsichtsmaßnahme. Ich schuf ihn aus den Strängen der Zeit. Für den Fall, dass ich Zeitportale zerstören muss.

Es gingen Gerüchte um. Keine besonders Guten, wenn man meinen Getreuen glauben schenkte. Die beiden auffälligen Fantikos sollen abtrünnig geworden sein und sich nicht an meine Forderungen halten. Ich beobachtete sie während der nächsten Sitzungen in 51 Northdale. Tuscheln. Versteckt in den abgelegenen Ecken der Halle. Sie hörten den Anweisungen nicht zu. Das spürte ich und fokussierte mein Gehör auf ihre Lippen.

Ich rief sie nach vorne. »Sofort nach vorne treten.« Ich zeigte auf die beiden.

»Was glaubt ihr, was ihr da tut? Wiederholt meine Worte, sofort!«, befahl ich.

Doch sie konnten es nicht.

»Wie haben über eigene Pläne diskutiert.«, wollte mir Fench weismachen.

»Es gibt keine weiteren Pläne, nur meine. Und diese werden befolgt! Eure Projekte wurden abgelehnt.« Ich verlor die Geduld.

Nach etwa zehn Minuten ging das Tuscheln erneut los. Ich fasste mir an die Schläfe, musste mich konzentrieren.

»Ja, ihr die Kehle aufschlitzen.«, flüsterte Fench.

Als ich das hörte, rastete ich aus und nahm ihn mir vor.

Ich sprang vom Geländer runter und riss Fench mit meinen Händen nach oben, wodurch seine Zehen den Boden nicht mehr berührten.

»Raus! Sofort raus, alle beide!«, schrie ich und warf ihn mit Schwung Richtung Tür.

Der Schänder folgte gemächlichen Schrittes Fench.

»Mach bloß, dass du hier weg kommst.«, fuhr ich ihn an.

»Keine Sorge, Fench. Ich habe bereits mit den Vorkehrungen begonnen. Gehen wir. Auf diese Bande hier kann man sich nicht verlassen.«, sagte der Schänder und verließ mit Fench gemeinsam das Anwesen.

Sie manipulierten in der Zeit herum. Schon länger, als mir lieb war.

Ich reiste in die Zeit zurück, um mir ein Bild seiner angerichteten Schäden zu machen.

In der neuen Vergangenheit setzte der Schänder einen Attentäter auf Ava an. Akaya, die blutrote Nacht war sein Name. Ein Ninja und Meister im Umgang mit dem Katana. Er sollte gar nicht existieren. Doch er brachte ihn an den Anfang von Avas Reise und hetzte ihn auf sie. Auch die Umgebung manipulierte er. Sie befand sich nicht mehr in Yondo, sondern auf der Erde, ganz allein und verlassen. Er verfolgte sie, als sie das Krankenhaus verließ. Da erblickte ich sie verängstigt und folgte ihr. Seine roten Augen versetzten sie in Panik. Ich griff ein und rief einen Kämpfer aus Yondo an ihre Seite, der sie durch ein von mir erschaffenes Zeitportal rettete, sodass sie unbeschadet auf Paraside ankommen würde.

»Nein, das ist falsch. So sollte das nicht ablaufen.« Eine Schweißperle verließ meine Gesichtshaut, als Ava gerettet war.

Ich versuchte, die Vergangenheit zu reparieren, so wie sie vorher war, doch es klappte nicht. Ich verkrampfte meine Finger und konzentrierte mich. Eine Blockade? Wieso konnte ich es nicht einfach rückgängig machen? Vielleicht kämpfte er in diesem Moment gegen mich an? Das ganz könnte sich zu einem richtig großen Problem entwickeln, dachte ich mir.

Er hatte eine neue Zeitlinie erschaffen: Die Todeszeitlinie, die einzig dazu dienen sollte, Ava leiden zu lassen. Zum ersten Mal in der Geschichte von Hydrix verging ein Teil der friedlichen, heilen Welt der Schöpferin.

Sie taten es hinter meinem Rücken. Der Schaden war bereits zu groß. Avas Leben war zu sehr unter ihrem Einfluss. Die Sache mit Akaya gab mir zu denken. Ich musste dem ein Ende setzen, bevor es größere Ausnahme annehmen würde.

Ich zitierte den Schänder am Abend in die Eingangshalle.

»Wieso?!«, brüllte ich.

»Wieso?! Wieso?!«, meinte er erbost zurück. Ja, schrie sich fast die Kehle aus dem Hals.

Ich war so zornig, dass mir keine Worte einfielen. Er starte mich an.

Ich ergriff meine Pfeife, zog den Dolch hervor und warf ihn direkt in Richtung seines Herzens. Ein Zeitportal rettete ihn an diesem Tag das Leben.

Das Klirren des Dolches auf den kalten Boden läutete unseren Kampf ein.

Später griff er in Finns Kindheit ein. Der Schänder reiste erneut in die Vergangenheit und sorgte dafür, dass er tödlich erkrankte. Er und Fench erschufen das Rote-Krieger-Gen und infizierten ihn damit. Schon kurz darauf hatte er starke Schmerzen. Eine markante Eigenschaft dieser Krankheit waren verfärbte scharlachrote Augen.

Ich griff ein und sorgte dafür, dass Ava ihn schon früher kennenlernte. Sie konnte ein Serum für ihn entwickeln, welches seine Qualen vorübergehend linderte. Ich konnte nicht zulassen, dass er Ava über Finn quälte. Mir war er egal, seine Schreie in der Nacht bedeutungslos. Alles, was meine geliebte Ava traurig machen könnte, musste ich umkehren. Sie hatte dieses perfekte Leben verdient.

Nach vergangener Zeit kamen sie dennoch zusammen, verliebten sich, als wäre es ihr Schicksal. Wie oft ich das schon sehen musste. Es tut jedes Mal weh. Der Schänder folgte seinem Plan. Ich wollte seine Schäden weiter untersuchen. Er durfte Ava nicht wehtun.


Fenchs Projekt Biomechanoid sollte in die Tat umgesetzt werden. Da ich mir die Mappe dieses Verrückten durchgelesen hatte, wusste ich, was er vorhatte und ich dachte, ich wäre ihm diesmal einen Schritt voraus.

In einer Höhle am Rande der Insel sollte es geschehen. Ich machte mich auf den Weg und traf vor dem Eingang den Schänder an. Hoher Wellengang, strömender Regen.

»Das hier muss aufhören.«, bat ich ihn mit wimmernd wippenden Lippen.

»Mach keine Dummheiten, er sollte gleich mit Phase eins durch sein.«

Er rührte sich keinen Millimeter, also zog ich meinen Dolch und wollte auf ihn einstechen. Ein lauter Kampfschrei entfuhr mir. Er verhielt sich defensiv und blockte meine Klinge mit seinen Oberarmen ab, was ihm Schnittwunden verpasste.

Dann hörte ich sie schreien. Er ließ mich nicht vorbei, nahm alle Verletzungen in Kauf.

»Wir sind hier fertig, viel Spaß noch, ja?«, meinte er mit ruhiger Stimme, machte einen Satz zurück und verschwand in einem Zeitportal.

Ich hörte die Gruppe auf mich zukommen, die Ava in Sicherheit bringen wollte. Stets war sie mit ihren Freunden unterwegs. Ich verschwand und musste sie erneut ihrem Schicksal überlassen.

Seelenruhig konnte Fench, der sich als netter, freundlicher Fantiko ausgab, Experimente an ihr durchführen, um ihre Verletzungen zu heilen. Er entstellte sie und machte sie zu einem Biomechanoid, einer Art Cyborg, den ersten ihrer Art. Er selbst tat es, ermutigte sogar ihre Freunde dazu, mitzuhelfen.

Sie befand sich in seiner Basis unter ständiger Beaufsichtigung, keine Chance für mich, einzugreifen.

Ich ließ Fench nicht aus den Augen. Nach der Operation traf er sich mit dem Schänder. Ich lauschte, versteckte mich hinter einem der medizinischen Schränke.

»Und?«

»Ein gelungener Eingriff.«, prahlte Fench.

»Perfekt.«, stimmte der Schänder zu und fuhr fort, »Wird sie Schmerzen haben?«

»Ihr restliches Leben lang. Ich habe die Drähte so in ihr Kleinhirn gelegt, dass die Rezeptoren regelmäßig anschlagen.« Er wischte sich während des Gesprächs Blut und Öl mit einem Lappen von den Handflächen.

Ein lautes Geräusch war an der Tür zu hören. Ein Hämmern.

Fench sah den Schänder an. »Was hast du getan?«

»Ich bitte dich, das war doch abzusehen.«, meinte er und verschwand in der Zeit.

Eine kalte Stimme konnte man vernehmen, die sprach: »Es ist lange her.«

Fench warf seine Fäuste auf den Tisch, sprang vom Stuhl in seinem Büro auf und rannte um sein Leben. Er verließ den Krankensaal, wurde jedoch von einem metallenen Ungeheuer gestoppt.

»Es ist mir eine Ehre.«, stotterte Fench und verbeugte sich.

»Du hast geholfen, sie zu retten?«, fragte die Kreatur wütend.

»Wir hatten eine Abmachung! Ich tat, was ihr befahlt!«, schrie der Wissenschaftler es an.


Ich dachte mir in meinem sicheren Versteck: »Da hat sich jemand wohl die falschen Verbündeten ausgesucht.«


»Du bist mir nicht länger von Nutzen.«

Plötzlich kamen zwei von Avas Freunden in den Raum und erschraken, als sie das Ungeheuer sahen.

»Das ist der aus der Höhle!«, meinte einer von ihnen.

»Buh!« Die Kreatur teleportierte sich hinter die beiden und tötete sie, spießte sie mit den Klingen an seinen Armen auf.

»Nun zu dir.« Er ließ die Leichen der zwei jungen Männer auf den Boden fallen und lief auf Fench zu.

Seine mechanische Hand begann zu leuchten. Ein weißer Schimmer umfing den Raum. Das Licht des Himmels. Ich musste fliehen und zog mich in mein Anwesen zurück. Diese Explosion hätte ich nicht überlebt.

Ava und Finn heirateten trotz der neu entstandenen Todeszeitlinie. Sie bekamen einen Sohn, Finn Junior.

Natürlich griff auch hier der Schänder ins Geschehen ein. Es fand während eines Familienausflugs statt, erneut in einer Höhle. Er tötete die Eltern vor den Augen des Kindes, grinste dabei. Ich rannte auf ihn zu, stieß ihn vom Wurm weg und wollte es in ein Zeitportal schicken. Wieder zu spät. Wie konnte er so schnell sein? Sie lösten sich vor mir in Sand auf. Er nahm das Kind mit sich, ohne dass ich etwas auszurichten vermochte. Nicht möglich. Diese Schnelligkeit.

Es gab kaum Spur seiner Zeitmagie. Keine Rückverfolgung möglich. So stand ich nun vor der Leiche von Ava, blickte sie starr an und wusste nicht weiter.

Ein paar Minuten später, ich stand immer noch wie angewurzelt da, tauchte das Kind plötzlich wieder auf. Es beherrschte nun ebenfalls die Zeitmagie.

»Was in aller Welt?«, fragte ich mich, während ich mit ansah, wie der Junge seine Eltern durch Zeitmanipulation zum Leben erweckte.

Als Ava ihren ersten Atemzug tat, verschwand ich, grübelte im Anwesen vor mich hin. Weshalb sollte der Schänder das Kind mit der Zeitkrankheit infizieren? Das ergab alles keinen Sinn. Es ging ihm doch nur um Ava. Er hätte den Jungen auch einfach vor ihren Augen töten können.

Mir fiel eine Halskette an Junior auf, die er vorher noch nicht trug. Er muss sie ihm zwischen den Zeiten gegeben haben.

»Ein magischer Gegenstand? Zu welchem Zweck?«, dachte ich laut, während ich im Büro alte Notizen durchblätterte, auf der Suche nach Hinweisen.

Es war ein weiteres Spiel von ihm, um den Todeskreislauf von Ava aufrechtzuerhalten. Finn würde ohnehin bald sterben. Er hätte es da schon beenden sollen, aber er spann seine Fäden immer weiter.

Ava litt stark unter Finns Zerfall. Ich hätte ihn direkt getötet, ihn nicht dahinsiechen lassen.

Finn starb im Jahr 2048 aufgrund des Roten-Krieger-Gens. Avas Trauer an seinem Sterbebett war nicht zu beschreiben. Ich versteckte mich hinter der Tür, musste mir ihr weinen mitanhören. Die Präsenz des anderen Fantikos war stets zu spüren. Ich schnippte mit dem Finger, doch erneut passierte nichts an Veränderung. Keine Blockade würde so lange andauern, so empfand ich es. Ob die Schöpferin dabei ihre Finger im Spiel hat. Wollte sie mich ebenfalls leiden sehen?

# Kapitel 3: Der Gehängte

Da war noch das Projekt Liebestrank. Einer meiner treuesten Anhänger reiste weit in die Vergangenheit zurück. Er tat sich mit mir zusammen, um an einem Liebestrank für Ava zu arbeiten.

Er machte sich zum Turm von Lord Fanten auf, um Antworten zu finden. In diesem Gemäuer lebten meine Vorfahren. Alte Schriftrollen sollte es dort geben. Ein Betreten war strengstens untersagt. Nach dem Tod von Lord Fanten war der Turm mit einer heiligen Schrift am Eingangstor versiegelt worden.

Nur die Gruft war von außen durch ein rostiges Fallgatter betretbar.

Der Fantiko brach das Schloss der verfallenen Gruft auf und betrat den Eingang zu den Grabkammern. Er suchte von dort aus einen Weg in den Turm. Eine Taschenlampe, auf die er mehrfach klopfte, half ihm bei der Suche. Sein einziger Freund in der Dunkelheit. Es roch modrig und muss wie die Pest gestunken haben, so wie er es beschrieb. Über Funk hielt ich Verbindung zu ihm, im Fall, dass der Schänder auch ihn angreifen würde. Je weiter er in die Gruft vordrang, desto schlechter wurde der Empfang.

Der Schimmel überzog die alten maroden Holzbalken, die die Decke stützten.

Er gelangte in eine Kammer, die mit Wasser gefüllt war, an und fand dort Leichen, die mit dem Kopf unter dem Wasser hingen. Ihre Füße waren mit Seilen gefesselt. Er nannte diesen Ort die umgekehrten gehängten Sünder. Er tauchte ins grün schimmernde Giftwasser hinab und durchschwamm ein altes Abwasserrohr. So gelangte er in den Turm.

Oben angekommen fand er die Pergamente mit den Rezepten, doch die geisterhaften einst verstorbenen Wachen manifestierten sich, fanden und umzingelten ihn.

Als die Geister ihn mit den alten Pergamentschriftrollen in der Hand erblickten, ließ der Angsthase sie kichernd auf den Boden fallen. Der Staub rieselte an seiner Handfläche herunter.

Er hob die Hände nach oben, als sie ihn mit ihren geisterhaften Waffen bedrohten. Ich vernahm Schreie, er hörte auf, seine Umgebung zu beschreiben. Ein Ringen nach Luft war zu vernehmen. Minuten lang dieses eine Geräusch seiner immer dünner werdenden Luftröhre. Ob Lord Fanten das zu verantworten hat? Erkannte er seine eigene Sippe nicht wider?

Als er sich nicht wie abgesprochen meldete, gingen ich und zwei weitere Fantikos zum Turm und wollten nach ihm sehen. Ich ahnte bereits von seinem Schicksal.

Wir mussten feststellen, dass das Eingangstor zum Turm aufgebrochen war.

»War er es?«

»Nein, er ist durch die Gruft reingekommen.«

Ich schob die schwere Tür mit einer geschmeidigen Handbewegung auf. Die anderen Fantikos wollten zuerst nicht mit hineinkommen, da befahl ich ihnen, mir zu folgen. Ihr Zögern kostete uns unnötig Zeit.

In den Schlafgemächern, in einem der Zimmer, fanden wir sein Tagebuch auf dem Boden liegend. Ich hob es auf und sah es mir an. Da spürte ich eine dunkle Präsenz hinter uns. Wie eine schwarze Aura.

Wir drehten uns um, da fauchte er uns an und beschoss uns mit hell smaragdgrünen ektoplastischen Magiebällen. Wir wichen zu Seite aus.

»Ist er das? Was ist mit ihm passiert?«

»Der Fluch des Turms muss sich ihn geholt haben!«


Verstorbene sollen in Lord Fantens Turm nicht lange tot bleiben. Eine magische Verzauberung soll sie wiederauferstehen lassen. Oder war es seine unsterbliche Liebe für Ava? Er wurde wahnsinnig, schrieb nach seinem Tod nur Gekritzel in sein Tagebuch. Es war kaum leserlich.


Ich musterte den abgerissenen Strick um seinen Hals an und sah eine Chance. Als ich hinter ihn gelangt war, fasste ich an das blutverschmierte Seil und zog daran, damit er sein Gleichgewicht in der Luft verlor. Ich musste mir Mühe geben, mit meinen Füßen auf dem Boden zu bleiben.


Die anderen beiden packten ihn am Körper und zogen ihn zu einer Kiste, die vor dem Bett stand.

Ich gab den Befehl. »Werft ihn da rein!«, und zeigte auf die große beschlagene Holzkiste.

Als wir ihn erfolgreich in die Kiste werfen konnten, versiegelte ich sie mit meiner Zeitmagie, die ich auf die Außenseite ins Holz brannte.

»Das sollte ihn ruhig stellen.«, beruhigte ich meine Mitstreiter.

»Zum Glück hattest du wie immer alles im Griff.«, meinte einer der beiden zu mir.

Der gehängte Fantiko tat mir leid. Jetzt würde er für immer in dieser Kiste verrotten müssen und niemals die Chance haben, Ava zu berühren.

»Unser Weg verlangt Opfer. Verschwinden wir von hier, bevor die Wachen uns holen.« Gegen Geister konnten wir nicht gewinnen, also zogen wir uns zurück. Schnellen Schrittes verließen wir den Turm und ließen die wertvollen Dokumente für die Herstellung eines Liebestranks zurück.

Nachdem auch dieser Fantiko Geschichte war, bekam ich allmählich Gewissensbisse. War es richtig, die anderen zu opfern? Über Leichen gehen? Ich meine, es ging hier um Ava. Das Ziel hätte nicht höhergesteckt sein können. Vielleicht könnte ein Neuanfang etwas bewirken? Das Geschehene auslöschen und danach von vorn beginnen? Dafür musste ich die Entscheidung treffen, alle weiteren noch lebenden Fantikos einzufangen und zu beseitigen.

Ich zog einen Schlussstrich und fing an, meine Taten rückgängig zu machen. Mit gut gewählten Worten wollte ich die Fantikos auf der nächsten Versammlung von meiner Entscheidung überzeugen, doch sie ließen sich nicht stoppen. Die Besessenheit zu Ava war in jedem Einzelnen so stark herangewachsen, dass unter ihnen Streitereien ausbrachen. Während in der Halle Schlägereien stattfanden, ging ich zurück ins Büro und arbeitete an Bauplänen.

Ich entwarf und baute Stasis-Kammern für jeden Einzelnen von ihnen. Sie wurden in die Wände der großen Halle eingebaut. Durch einen Knopfdruck konnte man diese herausfahren.

Einen Monat später begann ich mit der Jagd.

Sie wehrten sich, doch mit meiner Macht konnten sie nicht mithalten. Ich wollte noch einmal ganz von vorne beginnen. Manche sperrte ich erfolgreich in die Kammern, andere musste ich aus Notwehr töten. Die Leichen warf ich in den Keller des Anwesens.

So viele. Dutzende. Irgendwann kamen die Fliegen. Mindestens fünfzig Duftbäume hingen mittlerweile an die Tür, die zum Keller führte. Das ergab eine Duftnote, gemischt aus Verwesung und Zitrone, die zu mir ins Büro flog.

Der Schänder war einer der wenigen, die entkommen konnten. Nachdem er sich vollständig aus meinem Sichtfeld befreit hatte, reiste er erneut in die Zeit zurück. Ich konnte ihm nicht folgen.

# Kapitel 4: Der Schänder

Drei Fantikos waren noch da draußen und ich musste sie einfangen.

Ich bemerkte, dass etwas mit den Weltenbäumen nicht zu stimmen schien. Die Macht, die in der Luft zu empfunden werden konnte, nahm stetig ab. Vielleicht gab es eine Spur und so reiste ich zu den Bäumen, um sie nach dem Schänder zu überprüfen.

Und ja, irgendetwas hatte er mit dem Weltenbaum des Richters angestellt. Er verschimmelte von innen. Ich blickte mit großem Sicherheitsabstand auf seine morsch werdenden Wurzeln.

Ich schlussfolgerte, dass er versuchte, die Erweckung des Richters aufzuhalten. Er gehörte zu den drei Meistern und wäre der Einzige gewesen, der ihn hätte aufhalten und richten können. Atún wurde zu seinem Ziel.

Er ist eine Art Versicherung, falls in der Galaxis Krieg ausbrechen sollte. Er war der Held, den man rief. Noch war ihm sein Schicksal nicht bewusst. Der Weltenbaum des Richters, mit dem er verbunden war, schlief. Da der Held dennoch Ava zu Hilfe eilen könnte, änderte der Schänder den Verlauf der Geschichte erneut.

Er konnte ihn nicht eigenhändig töten. Die Schöpferin umgab ihn mit ihrer gesegneten Magie, seitdem die Fäden der Fantikos gerissen waren.

Also heuerte er drei Schläger an, die nicht gut auf das Kollektorium zu sprechen waren, der Firma, für die der Richter arbeitete. Sie töteten seine Frau vor seinen Augen in einem Feuer und verstümmelten Atún. Seine Tötung schlug jedoch fürchterlich fehl. Atún kehrte nach seiner Genesung zurück und jagte die Attentäter. Er brachte jeden Einzelnen von ihnen um. Es wirkte so, als würde er es genießen. Ich hielt genügend Abstand zu ihm, als er in den Seitengassen seine grausame Tat vollzog. Sein Herz wurde dunkel und die goldenen Blätter des Baumes welkten dahin. Die Rinde schwärzte sich. Fäulnis kroch aus dem Inneren heraus. Das einst so goldene Schloss hinter dem Baum tönte sich durch die aufkommende Finsternis in ein tiefes Schwarz.

Mit dem Fall des Richters war er einen Schritt näher an seinem Ziel.

Auch der Sohn des Richters blieb nicht verschont. Das Projekt Der böse schwarze Drache sollte nun als Nächstes in die Tat umgesetzt werden. Dazu flüsterte er Avas Sohn Junior falsche Worte zu, sodass dieser einen Angriff auf Pyro, den Nachkommen des Richters ausführte. Er wäre eine Bedrohung für die Galaxis und nur er könne ihn mithilfe seiner Zeitmagie aufhalten.

Doch Junior konnte es nicht zu Ende bringen und es blieb bei einer erneuten Entstellung.

Der Schänder änderte seinen Plan leicht ab und ließ Pyro eine junge Weltenbaumpflanze zukommen, die mit seinem Wahnsinn getränkt war.

Dadurch konnte er Pyros Geist direkt manipulieren und konnte auf den inkompetenten Junior verzichten.

Ein toter Planet, eine Prise Dunkelfeuer und schon konnte er ihn in eine lebende Zombie-Bombe verwandeln. Von Psychosen getrieben wollte sich Pyro in unserer Hauptstadt in die Luft jagen, doch Junior kam ihm zuvor und hielt ihn auf.

Dies erregte eine große unerwünschte Aufmerksamkeit. Junior wusste zu viel über uns Fantikos. Die Schöpferin war inzwischen aus ihrem tiefen Schlaf erwacht und nach Hydrix gekommen, gemeinsam mit ihrem geliebten Geschichtenerzähler.

Sie schickte ihren treuesten Diener, um mich und den Schänder aufzuhalten: Engel Shariel, einer der drei Meister.

# Kapitel 5: Der Heuchler

Was trieb Zyklones nebenbei in dieser ganzen Zeit?

Er heiratete eine mir unbekannte Frau und bekam eine Tochter. Langweilig und unfassbar.

Zyklones rettete übrigens, so ganz beiläufig, den Donnerdrachen Draken, den letzten seiner Art. Man munkelte damals, die beiden sollen sich blendend verstehen, mehr als nur auf die gewöhnlich freundschaftliche Art.

Zyklones, der von unserem Zeitkrieg mitbekommen hatte, verhielt sich passiv und tat praktisch nichts. Er versteckte sich wie ein Feigling in seiner unterirdischen Basis. Dazu wurde er fortwährend von einem anderen Fantiko bedrängt, der der Wächter der Hauptstadt war. Wie er an diesen hohen Titel herangekommen war, ehrlich gesagt, ich habe keine Ahnung. Ich hatte mit dem Schänder schon genug zu tun. Außerdem war dieser Fantiko eine Lachnummer und für mich der einfachste zu Fangende von den dreien.

Dieser Fantiko wusste nichts von uns anderen. Er hatte die Zeitausrüstung noch gar nicht benutzt.

Ein Kampf zwischen dem Wächter und Zyklones entstand. Mit der Zeit spitzte sich die Situation drastisch zu und der Wächter wollte ihn aus dem Weg schaffen. Wer mochte schon Zyklones?

Es sah so aus, als würde er meinen Job erledigen, doch ich freute mich zu früh.

Natürlich wollte ich bei diesem Spektakel dabei sein, also suchte ich mir wie üblich mein gutes sicheres Versteck hinter einer Wand und lauschte den Kampfgeräuschen und Waffenangriffen. Die Blitzmagie des Wächters beeindruckte mich. Sie schien unerschöpflich zu sein. Zyklones verzichtete auf die Benutzung der Zeitmagie. Vielleicht dachte er, er wäre ihm deutlich überlegen? Oder war es zu viel stolz?

Ich beobachtete seinen Tod aus der Ferne. Die Blitze des Wächters raubten ihm den letzten Funken an Leben. Während ich mir in die Hände rieb und leicht auf und ab wippte, spürte ich die Präsenz eines Weltenbaums.

»Nein.«, dachte ich.

Der Weltenbaum der Engel holte ihn sich, machte ihn zu einem Engel. Er überlebte und ich sah richtig dumm aus der Wäsche.

»Na toll. Jetzt hat er auch noch Flügel.« Ich rollte meine Augen und blickte tief ausatmend an die Decke.

»Shariel.« Niemand sonst hätte dafür verantwortlich sein können. Er war hinter mir her, der Diener der Schöpferin.


Den Wächter-Fantiko plagten Gewissensbisse. Zu schade, dass er seinen Angriff nicht fortgesetzt hatte. Einen Engel kann man ebenfalls töten. Zyklones war außer Gefahr, der Wächter zog sich zurück und ich machte mir Gedanken über die nächsten Schritte. Während ich mir die ersten grauen Haare herauszupfte, fiel mir etwas ein.

Die Blitze. Sie könnten mir eine Hilfe im Kampf gegen den Schänder sein. Mein Dolch allein konnte nicht die Lösung sein. Mit jedem Tag, der verging, wurde er mächtiger. Ich musste ihn töten. Zum Wohl von Ava.


Also überlegte ich mir, wie ich an diese Blitzmagie herankommen konnte und schlich mich in den Radioturm des Wächters, den er in der Stadt errichtet hatte. Da meine Teleportationszeitmagie immer noch eine Blockade hatte, musste ich es auf die altmodische Weise durchziehen. Ich zog mir die schwärzesten Klamotten an, die ich hatte. Einen langen Mantel mit Samtkragen und Kapuze, Handschuhe aus echtem Schlangenleder und Stiefel mit Echtsilbermanschetten. Ich zog meinen Dolch in die Pfeife hinein, packte mir Spritze und Phiolen in die anthrazitfarbene Tasche und machte mich auf den Weg.

Mitten in der Nacht stand ich vor dem verschlossenen Eingang und öffnete diesen mithilfe meines Dolches. Ich schnitt mit ihm ein Loch ins Glas, ließ es nach innen fallen und erreichte die Türklinke.

Es verschlug mich bis ganz nach oben. Der Aufzug funktionierte, die Musik in diesem war recht angenehm. Als sich die metallischen Türen nach außen schoben, sprang ich direkt vor und suchte mir Deckung hinter einer Couch. Von dort sah ich mich im Büro des Wächters um.

»Hoffentlich schläft dieser Volltrottel.«

Mein Blick erstarrte, als ich das junge Dienstmädchen sah. Ich sprang auf, hielt ihr den Mund zu und stach den Dolch in die Mitte ihrer Wirbelsäule. Nicht eine Träne konnte sie vergießen. Ich nahm meine Hand aus ihrem Gesicht und legte sie langsam auf den Teppich hinter dem Sofa ab.

Da hörte ich Schritte, die näher kamen. Ich drehte mein Gesicht langsam um. Ein Fantiko im Pyjama blickte mich an und war bereit, zu kämpfen.

»Hinfort aus meinen Träumen, böser Geist! Ich bin der Retter der Galaxis!«

Er posierte in peinlichst erdenklicher Art vor mir. Eine Schande für alle meines Blutes.

Ich legte eine Hand aufs Gesicht und musste kurz innehalten.

Schnell hatte ich ihn im Schwitzkasten.

»Halt, warte! Das kannst du doch nicht tun!«

Ich würgte ihn so lange, bis er bewusstlos war. Dann stahl ich mithilfe einer Spritze Blut aus seiner Halsvene. Ich füllte seinen minderwertigen Lebenssaft in eine meiner Phiolen ab und packte alles in die Tasche zurück. Ich ließ ihn an Ort und Stelle liegen und ging nach 51 Northdale.

Dort injizierte ich mir umgehend sein Blut. Der Vorgang war sehr schmerzhaft und erforderte jede Menge Disziplin. Qualvolle Schmerzen durchzogen meine kochenden Adern. Ich ging in den Keller hinunter. Zeit für ein paar Übungen an den Zielattrappen. Ich riss die Hände nach vorne. Aus meinen Fingerkuppen schossen gelb leuchtende Blitze heraus. Die Attrappen explodierten förmlich. Mehrere Stunden verbrachte ich damit, verschiedene Angriffsmanöver zu testen. Am Ende, mein Gesicht und die Kleidung vollständig in Blut getränkt, stieg ich die Treppen nach oben. Eine letzte frische Dusche, bevor die Jagd auf den Schänder beginnen sollte.

# Kapitel 6: Der erste Zeitlord

Ava Tode klangen aus. Der Schänder löschte sie buchstäblich aus der Zeit, nachdem sie genügend Leid erfahren hatte. Am Ende jedoch war nicht er es, der ihr Leben beenden sollte.

So verließ ich 51 Northdale und begab mich zwischen die Schichten der Zeit, um meinen Erzfeind zu suchen. Die Reise ging in die Vergangenheit. Nach Yondo, die alte Heimatstadt.

Er schwebte in der heiligen Kammer. Dort konfrontierte ich ihn mit seinen abscheulichen Taten.

»Dieser Ort des Friedens war unser zu Hause! Dieser Ort muss erhalten bleiben. Für Ava!«, schrie ich ihn an.

»Nach allem, was du getan hast, interessierst du dich noch für ihr Wohlergehen? Nach allem, was du ihr angetan hast?«

»Du warst das!«

»Du hast es so weit kommen lassen. Ich bin nur deinetwegen hier!« Er berührte mit dem Daumen seine Brust.

Ich schoss wie wild Blitze auf ihn und musste mitansehen, wie meine Geburtsstätte zerstört wurde. Durch meine eigene Hand. Er trieb mich dazu. Er verletzte Ava. Dafür musste er bezahlen.

»Das hier wird das Ende sein. Das Ende der Todeszeitlinie.« Ich drohte ihm mit erhobener Faust.

Er war zu stark. Meine Angriffe prallten vor ihm ab und trafen nur blanken Stein.

»Wie machst du das?«

Er deutete auf die Ringe, die über seinen Schultern schwebten. Eine große, dunkle Macht ging von ihnen aus.

»Manchmal erfordert es Opfer, für seine Träume zu kämpfen. Du hast den Wächter ja nicht mal getötet, als du seine Magie gestohlen hast.«

»Was hast du getan!?«

»Nach dem Tod von Fench stahl ich seine Leiche und die des Roboters und baute daraus diese Zeitringe. Die Außenlegierung stammt von Mechadron, während das Innere dieser mit Innereien, Knochen und Blut von Fench gefüllt sind. Eine abscheuliche biomechanische Erfindung. Ohne dich hätte ich das nie geschafft.«, prahlte er.

Aufgrund von Fenchs DNA, die sich in den Ringen befindet, prallen alle meine Angriffe bei ihm ab, wie eine Art Schutzschild.

»Und du glaubst, du bist der Einzige mit dieser Idee?«


Plötzlich schoss er gestochen scharfe lange Blitze in meine Richtung. Sie rasten an mir vorbei und zerstörten das hinter mir steinerne Mauerwerk.


»Du bist nicht länger der Zeitlord. Ich bin es!« Er schrie, verlor völlig den Verstand.

Er erhob sich über mich und streckte seine Arme aus. Jetzt oder nie. Er war zu gefährlich geworden. Durch unseren Kampf verfiel die Steinwand in der heiligen Kammer so stark, dass die Inschriften über die drei Meister kaum noch lesbar waren. Die Blitze brachen die Wände auf und Wasser gelangte in die unterirdische Siedlung.

Ich sah die Fontänen auf meine geliebte Stadt fallen und blickte wütend zurück Richtung Schänder. Dieser packte mich anschließend und teleportierte uns zu meinem ehemaligen Ausbildungsbetrieb. Er wollte mir Benehmen beibringen.

Mein alter Lehrmeister lag vor mir auf dem Boden im Keller neben der Zeitmaschine.

»Dein erster Mord.«

»Er hätte mich verraten.«, versuchte ich zu erklären.

Ich blickte zu ihm herab.

»Als ich vom Zeitsprung zurückkam, sah ich seine Enttäuschung in seinen Augen.«

»Du konntest es nicht ertragen. Hast ihm die Luftröhre zugedrückt, bis er nicht mehr atmete.«, ergänze er mich.

»Ich wollte das nicht!«, schrie ich zurück.

»Und doch sind wir jetzt hier. Gejagt vom Engel der Schöpferin.« Er breitete seine Arme aus, setzte erneut zum Angriff an, da ergriff ich die Flucht mit einem Fingerschnippen. Diesmal klappte es aus irgendeinen Grund und ich konnte nach 51 Northdale flüchten. Ich fiel auf die Fliesen der Halle und keuchte vor Kraftlosigkeit.

Ich verwischte meine Zeitenspur in der Luft und war so in rage. Yondo fiel. Als ich mir die Gegenwart ansah, war über den Stadtruinen die Stadt Krakuna errichtet worden. Die Schöpferin versuchte, die angerichteten Schäden zu reparieren.

Yondo, die vergessene Stadt unter der Erde. Meine Heimat war zerstört, überschwemmt. Ich konnte mir das nie verzeihen. Doch für Ava war ich bereit, alles zu tun. Alles.

»Fantiko. Kommt heim.«, flüsterte mir die Schöpferin in meine Gedanken.

»Nein, ich komm nicht heim.«

»Ava ist tot, komm heim.«

Ich schreckte auf und verschwand durch eines meiner letzten Zeitportale. Auf den Spuren des Engels verlor ich weitere blonde Haarsträhnen. Ein alter Mann auf der Suche nach seiner jungen Geliebten. Wie pervers.

Ich war dort. Ich war bei ihr, als sie im verbotenen Land starb. Durch den Spiegel der Zeit musste ich mitansehen, wie der Engel ihr einen Dolch in den Rücken stach. Er hielt sie für wenige Sekunden fest.

Ich sah genauer hin. Seine Hand hinter ihrem Rücken entzog ihr die Seele. Ich wollte eingreifen, doch ich bemerkte es zu spät. Die blauen Strahlen entwichen aus ihr und vor mir lag nur noch ein lebloser, seelenloser Körper. Er nahm sie mir voll und ganz, schickte sie gen Wolken, in das heilige Himmelreich. Unerreichbar und geschützt vor mir. Er hat sie mir genommen. Für immer.

Ich hätte Shariel töten sollen, als ich die Gelegenheit hatte. Er war im Auftrag der Schöpferin unterwegs gewesen und tötete viele von uns. Ich fand in seinem Unterschlupf einen Berg toter Fantikos. Spätestens da hätte ich seine Pläne durchkreuzen sollen. Ihr Hass auf mich muss unendlich sein. Ich ging zurück nach 51 Northdale, knallte die Tür hinter mir so fest zu, dass das Schloss kaputt ging, und schrie laut in die Halle. Ich randalierte, warf Möbelstücke gegen Wände. Mit der bloßen Faust schlug ich ein Loch in die Fassade. Ich rannte die Stufen nach oben und hielt auf halbem Weg an, als ich realisierte, dass ich ausgerastet war.

»Ruhig bleiben. Ruhig bleiben.«

Ich setzte mich auf die eingestaubten Stufen und hielt mir die Hände an den Kopf. Die Beine wippten auf und ab. Ich erhob mein Gesicht und hielt die zitternde Hand nach vorne.

»Wenn du irgendwann nicht mehr im Schutz der Schöpferin stehst. Ich schwöre dir, ich bring dich um.«

Ich malte mir Gedankenspiele aus, in denen ich die Flügel des Engels stutzte und ihm seinen dreckigen Kopf abriss.

Ich stand auf, ging ins Badezimmer und sah in den zerbrochenen Spiegel, während ich mein Gesicht waschen wollte. Das Haar und der Bart waren ergraut. Falten prägten das zerknitterte Antlitz. Ich berührte es, um sicher zu sein. Was hatte ich bislang erreicht?


Ich habe Ava verloren.

Ich habe gegen den Schänder verloren.

Ich habe Sevo als besten Freund verloren.

Wofür?


Ich warf meine Faust auf das rissige Keramikwaschbecken.


Und da stehe ich nun. Erschöpft und malträtiert in der einst so schönen Halle meines Anwesens.

Ich weiß nicht, wie viel Zeit mir bleibt. Dort draußen wird es gerade ziemlich hässlich. Die Letzten sind auf dem Weg zu mir. Meine Mission ist fast vollendet. Ich höre den Schänder bereits flüstern. Nicht mehr viel Zeit. Ich werde 51 Northdale niederbrennen und alle, die sich darin befinden. Ja, es muss einfach funktionieren. Meine Berechnungen sind nicht falsch.

Falls ich versage, muss ihn jemand stoppen. Ich habe mich dazu entschlossen, meine Erlebnisse auf dieser Maschine aufzuzeichnen, um die Nachwelt zu warnen. Es muss von ganz von vorn begonnen werden. Von so etwas lasse ich mich nicht aufhalten. Nein, ich werde heute Nacht nicht sterben. Ihre Kammern sind bereit. Einfangen, einschläfern, niederbrennen. Blockade beenden. Neustart.

Dann von vorn.

Ava, ich liebe dich.

# Weitere Science-Fiction/ Fantasy Veröffentlichungen der Autorin:

**Der sichere Hafen Band 2: Chamäleon (Februar 2024)**
(erhältlich als e-book und Hardcover)

Avas Reise auf Paraside geht weiter. Gemeinsam mit ihrem Seelenverwandten Shariel erlebt sie neue Abenteuer und erreicht neue Hürden, die es zu meistern gilt.
Erneut wird ihr Leben auf die Probe gestellt. Der Tod ist ihr ständiger Begleiter.

Auf der Suche nach den Geheimnissen der Welt führt sie eine Expedition zu einer Insel namens Kronoside, auf der plötzlich ein Krieg ausbricht. Ein neuer Mensch tritt in ihren Alltag, der über den Ausgang ihres zukünftigen Lebens entscheiden wird.

## Der sichere Hafen Band 3: Der Feuermeister (Dezember 2024)

(erhältlich als e-book, Softcover und Hardcover)

Kommandant Pyro wird auf seiner Raumstation Opfer eines Attentats. Er überlebt, wird jedoch an ein Schicksal gebunden: Die Zerstörung des toten Planeten und somit die Rettung von Hydrix.

Maiko, der die letzten Erinnerungen Avas in sich trägt, wird von Stimmen aus der Vergangenheit heimgesucht. Sein Leuchtfeuer und Berater Murdi weist ihm den Weg auf der Suche nach der sterbenden Schöpferin.

Können sie gemeinsam die Fäden von Manipulation und Verrat durchtrennen und dahinter das Geheimnis der Galaxie finden, welches tief in den Schichten der Zeit verborgen liegt?

*Die Hardcover Ausgabe enthält*

*zusätzliche kolorierte Illustrationen.*

Zeitfracht Medien GmbH
Ferdinand-Jühlke-Straße 7
99095 Erfurt, Deutschland
produktsicherheit@kolibri360.de